有時候，
愛是一種感覺，無關對方是不是你的菜。

當你真心喜歡一個人，
你會發現，
他很可能和你心目中理想情人的類型全然不同。

北鼻～
我是你的菜嗎?

是啊!

一盤很苦的菜。

!!!!?

愛撒嬌

你在幹嘛？

喜歡像貓咪般撒嬌，繞著綺綺轉，讓他摸摸我的頭，無時無刻陪伴在他身邊。

愛生氣

心情好的時候是隻小貓，生氣時變身母老虎。動怒的原因千奇百怪、地雷很多，老是口是心非。

熱愛植物

喜歡忙裡偷閒種植物，常常搬一堆多肉和香草植物回家，堆滿窗台，最後都是綺綺在照顧。

愛吃醋　　　　　　懶散　　　　　　貪吃

綺綺說，剛在一起的時候會想辦法讓我吃醋，他以為這樣應該會很有趣。

交往後被發現我實在太容易吃醋，最終演變成總是在想辦法能讓我不吃醋……

大部份的時間我都很懶散，一旦著手做事卻又十分龜毛。

總是一天到晚問綺綺：「我是不是太胖了？」嚷嚷著要減肥的同時把食物往嘴裡送。

關於綺綺

幼稚白目

不要咧～

喜歡讓我發脾氣，看我生氣就覺得有趣。

愛閱讀

沉迷於書堆中，最常對我說的話就是：「我可以先看完這一頁嗎？最後一頁。」

路痴

我在哪裡啊!?

常聽人家說高雄的路最好走，綺綺卻常常不知自己身在何處，找間店要繞很久是常有的事。

喜歡烹飪	愛貓	喜歡 Aida (這項是我擅自加上的)

一身好廚藝，煎牛排、蛋包飯、義大利麵全都難不倒他！

和綺綺在一起後，我胖了7公斤，這大概就是所謂的幸福肥吧！（擅自合理化）

聽說愛貓的人個性會比較溫柔，這個說法好像是真的。跟我比起來，綺綺確實溫柔許多。

綺綺說這一格要填上他「喜歡戴佩妮」，我假裝沒聽到。

他的最愛當然只能填上 Aida 啊！

01
CHAPTER

當 Aida 遇上 綺綺

神秘相親趴

失戀空窗一段時間後，經由朋友介紹，我們認識了彼此。

相親當天是我們第一次見面，
在那之前，對於彼此可說是完全的陌生，
朋友只吩咐我幾句：「星期六下午 3 點！你來新崛江就對了！」

一向不參與社交活動的我竟然赴約了（我想應該是緣份吧），

綺綺說他只記得我說話的聲音跟蚊子一樣小。

因為太緊張了，我完全忘記當天聊過什麼，
不過無所謂，
知道他也是高雄人就好了，畢竟我不太能忍受遠距離戀愛，
但是當時沒人告訴我，
我們分別在高雄的兩端，
這段距離其實跟跨縣市沒兩樣，讓我有點傻眼。

相親當天，尷尬合影的四個人。

化身 FBI

各自回家後，綺綺透過不負責任媒婆的打卡找到我的臉書，
我也開始認真瀏覽他的動態、相片、交友圈、與人之間的互動，
試著了解他是一個怎樣的人。

我發現我們有很多不同之處，
像是他喜歡日劇（我喜歡韓劇）、
他喜歡四處玩耍、旅行（我喜歡宅在家裡）、
他喜歡貓（我喜歡狗），
幾乎沒有相同特質，
當時我心想：「沒關係啊～合不來就當朋友吧！」

等到正式交往後，
我發現他願意一邊打呵欠，一邊陪我看情情愛愛的韓劇，
我願意和他一起養貓，
我喜歡和他一起去旅行，
他變得喜歡和我一起宅在家裡，
就像很多人說的，「兩個人在一起久了，會越來越像。」

雖然我們都不太願意承認彼此越來越像，不願意被對方同化，
但這依舊是不可抹滅的事實。

偷偷地對他進行身家調查。

叮咚叮咚

認識他的時候，我還有一年才大學畢業，
綺綺大我 3 歲，已經出社會工作一段時間了。

當時我每天早上 8 點就要到校上課，下午趕去上班，
週末或寒暑假偶爾會有學校活動要支援，常常忙到不可開交。

但是只要彈出他的對話視窗，
無論當下有多忙，我都一定會回訊息。

那時還流行用 MSN 聊天，
每天在外奔波的我，
下載了十分耗電的手機版 MSN，
只為了隨時收到綺綺的訊息。

我們從新聞時事、日常生活聊到未來規劃，
我們也會分享有趣的文章和影片給對方。

世界上總會有那麼一個人，
和他聊天的時候你可以很放鬆，你說什麼他都懂，
哪怕只是小小的暗示，你會知道彼此的頻率有多相近。

再忙也要回覆他的訊息。

突如其來的檸·檬·茶

有一次，我要支援的活動辦在綺綺的公司附近，
活動結束後我在車站等車，打開手機通訊軟體敲他，
告訴他我就在附近，順便抱怨天氣很熱，
和他聊到手機只剩 3% 電力。

「我的手機快沒電了。」

「嗯！好，掰掰！」

「掰掰～」

我默默關上手機，過了大約 5 分鐘，
綺綺匆匆忙忙跑來車站，手中拿著一罐檸檬茶。

「給你。」

「你不是在上班嗎？」

「拿飲料來給你啊！我要
趕回去了，掰掰！」

留下拿著檸檬茶的我呆站原地。

這是我們的第二次見面，
我知道他有點緊張，有點害羞，因為我也是。

他第一次主動示好，有點害羞和笨拙。

大食怪身份曝光

大學畢業前，有段時間我忙著做實習報告，
下班後往往來不及吃晚餐就要趕去同學家討論。

那時剛好跟綺綺聊到這件事，
提到我肚子有點餓，順便問他附近有什麼好吃的，
沒想到他二話不說，馬上跑來帶我去吃餛飩麵，
他只是坐在一旁看著小吃店裡的電視，
靜靜陪我吃完一大碗餛飩麵。

我狼吞虎嚥地吃完那碗麵，
他默默遞給我一包面紙，說我的食量有點驚人。

這是我們第三次見面，
隨身攜帶面紙的他很加分。

第一次和他獨處，卻覺得十分自在。

Chapter1 當 Aida 遇上綺綺

我陪你出來吃餛飩麵
那晚,其實已經洗好澡了.

所以咧?

我洗好澡是不會
再出門的!

那你幹嘛出來?

陪你啊

曖昧期的你進我退

不知道從什麼時候開始，
我每天都在期待螢幕彈出綺綺視窗的那一刻。

我很期待和他聊天，卻又不好意思主動找他，
所以有時我只是等著等著，看著他無聲無息的離線。

此時，我心裡總會上演好多小劇場：
「他今天為什麼沒有找我聊天？」
「他心情不好嗎？」
「他不想理我囉？」
「我有做錯什麼嗎？」

後來綺綺才告訴我，
「如果總是只有一方主動，主動的那一方會覺得有點累。」

在感情中總是被動的那一方，偶爾也可以試試主動出擊喔！

每天都期待他的對話視窗彈出。

有天晚上遲遲等不到他上線，
正當我準備離線的時候，他終於出現了。

「嗨～」

「你怎麼那麼晚還沒睡啊？」

「噢！我跟朋友在外面聊天～」

「你的手機不是不能上網嗎？」

「我跟朋友借的啊」

看到他的回覆，
一方面覺得開心，他在外面也不忘跟我打聲招呼，
一方面又覺得很不是滋味，
印象中他就是個朝九晚五，生活規律的上班族，
怎麼這麼晚了還在外面？
和誰在一起？在哪裡？在做什麼？

控制狂表示：
「想管又沒資格管的心情，真的很無奈啊～」

開始在乎他的一舉一動。

一步的距離

透過許多互動細節可以看出對方到底喜不喜歡你。

當然，我們難免會害怕自己會錯意，
或是害怕對方還不想要進一步交往，

不過卻也很有可能，
雙方都只是在等待對方先跨出那一步。

他也喜歡我嗎？

定情農民曆

一段時間後，受不了曖昧關係的我終於跨出那一步了，
主要是因為我的控制慾太強，
無法忍受對方若即若離的態度。

於是我鼓起勇氣，半開玩笑地說：「你和我在一起就賺到了！」

「為什麼？」

「因為我會對你很好啊！」

「是喔～」

「但是我不會煮飯和作菜。」
（先打一劑預防針）

「我會啊！」

「太好了～那你去翻農民曆，
把紀念日訂一訂。」

過幾分鐘他都沒回應，我以為自己玩笑開過頭了，
正當我懊悔不已時，他傳來一個農民曆網址。

「那就今天吧！今天宜嫁娶。」

回想起來真是不可思議，
我們的交往紀念日竟然是翻農民曆定下來的。

你又在和誰聊天?
又要約?跟誰?有誰?
太常約了吧?!

你又按了他讚...
是有多讚...
有我讚嗎?

我覺得你當初形容自己
愛吃醋的時候,
形容的太客氣了。

你現在是在嫌我?

02
CHAPTER

當我們在一起

可遇不可求的浪漫基因

翻完農民曆的隔天，在下班前接到他的來電，
他說下班後和朋友約了要一起去吃飯，
本來想和他見個面，一起吃飯慶祝交往的，
但我還是說：「沒關係你去吧！」
（天知道我的「沒關係」就是「有關係」）

我失落的結束通話，收拾東西準備下班回家，
走到機車旁，這時，手機響起來了。

「幹嘛？不是去玩了嗎？」

「你看馬路對面。」

他站在馬路對面，手上抱著一束玫瑰花，對我笑著揮手。

他竟然找到我上班的地方，偷偷跑來給我驚喜，
我想這大概是他這輩子做過最浪漫的事了吧！

我小心翼翼地拔下花瓣夾在書裡，
完全壓乾再好好珍藏起來。

因為我知道，短期內不會再有第二束花了……
（眼神飄向木訥且務實的他）

在一起後的第一個驚喜，是他送的玫瑰花。

一 秒 激 怒 → 豬 仔

我從小就有個和本名扯不上關係的乳名，
一直以來也只有家人會這樣稱呼我，
直到我認識了綺綺，
他很自然的跟著我的家人這樣叫我。

我喜歡這種感覺，
我覺得這比任何肉麻的暱稱都還要親密。

除此之外，當然也有專門叫來惹怒我的暱稱！

「豬仔～」

「我不是豬！」

「是啊，你那麼愛吃。」

「我哪有！」

「好吧……。」

「豬仔。」

「！！！」

為他取一個專屬自己的綽號。

熱線 ing

剛在一起時，大部分的時間都沒辦法見面。

當時智慧型手機還不普遍，
無法隨心所欲地傳訊息、聊天或視訊。

每當其中一方心情不好需要一個擁抱時、
雙方產生誤會時、
打字或聊天看不見對方表情和情緒時，就很容易產生摩擦，
對於相戀的兩人來說，分隔兩地真的是很煎熬的一件事。

雖然比不上異地相戀那樣痛苦，
但因為工作的關係，我們一樣不能經常見面，
只能偶爾抽空一起吃頓晚餐，
然後依依不捨地分開。

就連晚餐都沒辦法一起享用的時候，
睡前的熱線就變得格外重要了。

我們會聊工作上遇到哪個難纏的人，
遇到怎樣煩心的事，
又或是今天做了什麼好事被別人誇讚。

我們喜歡交換一天下來的心得，和對方分享所有的喜怒哀樂。

睡前和他熱線,分享今天的趣事。

兩個人的輕旅行

我們去過隨處都是情侶的高雄忠烈祠、
一起享用 Buffet 的八五大樓、
七彩繽紛的摩天輪、
九份古色古香的客棧頂樓,
還有某年冬天迎著冷風吃火鍋的斜張橋畔、
韓國首爾南山上的首爾塔～

我喜歡和他並肩坐著,靜靜的欣賞夜景,
最好還有一份香雞排和一杯飲料相伴。

喜歡和他一起看夜景。

謎樣的生理機制

我有個謎一樣的生理機制,
每次從光線充足的地方踏進陰暗處,總會讓我眼前一片漆黑,
有的電影院甚至伸手不見五指,
小時候第一次進電影院還差點因此踩空跌倒。

跟他交往後,我們第一次一起去看電影,
我就主動抓住他的手告訴他這件事,
後來每次我們去看電影,
只要一進入影廳,他就會主動牽起我慢慢走,
另一隻手拿起手機照明找位置,搞得像探險隊一樣。

後來我買了一本簿子專門用來收集一起看過的電影票根,
每次翻閱它,都會讓我想起第一部一起看的電影、
我們最喜歡的電影、哪一部電影讓我感動落淚、
哪一部電影我害怕到幾乎要扭斷他的手……

電影院充斥著我們滿滿的回憶。

喜歡他在電影院裡牽著我找座位。

一起看愛情文藝片

 一起看喜劇片

Chapter2 當我們在一起

一起看鬼片

一起看血腥片

少 女 情 懷 總 是 詩

交往初期因為太常分隔兩地，
於是我想了個方法解決相思之情。

誇張的傢伙

我跑去手工藝品店挑了幾塊不織布和棉花回家，
細心構圖，畫出我們兩個的模樣，
然後一針一線的把它們製作得更具體。

完成我的原創娃娃後，
我把綺綺娃娃留在身邊，把 Aida 娃娃交給綺綺。

「我們分開的時候，你就把它當成我，就像我在你身邊一樣。」

實在是有夠誇張的傢伙

綺綺苦笑著收下娃娃，
他心裡早有個底，
知道這一定是我看了哪部偶像劇還是小說學來的台詞。

偷偷做一些手工藝品或卡片送他。

專屬後座

我們才在一起沒多久，
我就告誡綺綺：「以後這裡只能坐我喔！」（拍拍機車後座）

喜歡透過後照鏡和他相視、做鬼臉、哼一些自創歌曲，
在他背後陪他聊天，聊路上的人事物，
讓他能專心騎車又不會感到無聊。（自己說）

一邊撒嬌一邊緊抱他是一定要的，
不過通常都會被他罵：「剛才吃的東西都要吐出來了。」

他用那部騎了好多年的老爺車載著我上山下海，繞遍大街小巷，
只要我說出想去哪裡玩，他就會載著我直奔目的地。

喜歡從機車後照鏡看他。

我 的 一 句 話

正式交往沒多久，我就會在本子上畫很多圖，
用 Q 版人物加入一些文字對話，記錄我們的生活趣事，
然後再送給他作為紀念。

有天，我突發奇想對他說：「我也想要你畫一張畫送我。」
「可是我很久沒畫了……」他有點為難的回應我。

儘管如此，他還是默默的連夜趕工，
畫了一張我的畫像送給我當禮物。

當下他很害羞地說：「我真的很久沒畫了，畫得有點奇怪。」

但是收到畫像的瞬間我是又驚又喜啊～
誰還會在乎畫得奇不奇怪？
最讓人感動的是我隨口說的一句話，他竟然一直惦記在心上。

他偶爾會為了製造驚喜給我而熬夜。

理性的浪漫

雖說綺綺總會為我遮風擋雨，但卻不像偶像劇那樣浪漫，
偶像劇裡的男主角會在大雨中把外套脫下，
帥氣的讓另一半拿去擋雨，
自己淋得滿身濕，嘴上還要一直說沒關係。

綺綺的浪漫很理性。

如果當下只有一把傘，一定是一人遮一半，
他會盡量不讓我淋到雨，但自己也不至於淋成落湯雞；
如果當下只有一件雨衣，
他會穿上那件雨衣，騎車到附近便利商店買輕便雨衣回來接我。

這樣恰到好處的貼心舉動，不會讓我因為他的付出而感到負擔，
我喜歡他的窩心，剛剛好最好。

他總會為我遮風擋雨，儘管淋得一身濕。

貼心後的副作用

綺綺是個很容易感到不好意思的人。

為了緩和太過讓人臉紅心跳的氣氛，
往往會在做出令人感動的舉動後，補上幾句白目台詞。

舉例來說～

他總會在冬天多準備一件外套保暖我的腳，
同時又不忘補一句：「豬腳。」

或是在問完我會不會冷？外套要不要給我穿？
而我說不用之後，
他就會補上一句：「我也只是隨便問問。」

喜歡既白目又貼心的他。

戀愛需要保鮮

每年聖誕節我都會準備一張手繪卡片和一顆小小的聖誕樹給他，
他則會帶我到教堂感受過節氣氛。

跨年的前一個月，
我們會開始討論要到哪裡看煙火倒數，和大家一起熱鬧慶祝，
或是選擇在家吃零食看跨年節目，悠閒又自在。

碰上情人節或彼此的生日，
我們會選一間餐廳共進晚餐。

我非常熱衷於慶祝節日，綺綺也樂於配合，
這是我們維持熱戀溫度的方法之一。

跟你住在一起

我覺得家裡多了
你的東西真好。

你是說我送你的手作
禮物嗎?

你不喜歡我
做的東西喔?

不是。

不是啦!!!
很喜歡啊!

我的意思是一些生活用品，好像同居生活那樣...

哦...

你要搬過來一起住嗎？

好哇。

情侶最常出沒的地方

綺綺的單身套房裡有一個小冰箱，裡頭幾乎空無一物，
另外還有幾樣簡單的傢俱和一些基本生活用品。

一個人的生活可以很隨便，他說。

這一切在我搬進他家後都不一樣了，
我需要的日用品大概比他多 3 倍。
（看著櫃子裡閒置的雜物，這點我只好默認）

我們選定某個假日去採購，
綺綺沉穩地推著購物車，徘徊於生鮮食材與五金雜貨區認真挑選，
我則是完全淪陷在零食、冰品區，回過神來再趕緊跟上他的腳步。

那似乎是第一次和他一起逛大賣場，
也就是因為這次經驗，
我發現他比我還容易被「買一送一」的特價品吸引。（昏）

喜歡和他一起逛大賣場，添購生活用品。

動手DIY

原本的衣櫃用來放他一個人的衣物剛剛好，
在我搬進來以後，衣櫃卻經常呈現爆滿的狀態。

於是綺綺決定為這個家增添一個新衣櫃，
而且是自行組裝的衣櫃！

這不只是為了節省組裝費用，
主要是因為我們覺得共同做一件事很有趣，
可以在聊天的過程中，同心協力完成某樣東西。

組裝前，由我來分配彼此的工作：
「我負責看說明書，指揮你組裝。」
沒想到我竟然兩光的把板子看反了，
以至於現在衣櫃的後面有一條小小的縫隙……

每次綺綺打開衣櫃看到那條縫隙，
總不忘調侃我一番：
「指揮官，衣櫃為什麼會有縫隙？為什麼呢？」

一起組裝新傢俱。

分 擔 家 務 的 樂 趣

洗衣服一直以來都是由綺綺負責，
他是個細心的人，
總會把衣物分裝進洗衣網再丟入洗衣機。

有一次不小心把我的純白上衣染紅了，
他還為此自責不已。

那件上衣才剛買不久，
所以它被染色確實讓我有點心疼，
不過因為洗衣服的不是我，事情都是綺綺在做，
如果還要因此責怪他，我應該會慘遭天打雷劈吧！

正好藉此機會反省自己為什麼都把家事丟給他做，
我說：「以後洗衣服也可以叫我幫忙喔～」

一個人獨攬家事難免會累積一些怨念，
如果可以的話，最好的方法就是兩個人協力完成，
一邊聊天，一邊打鬧，事情很快就能做完了。

喜歡和你一起完成家事。

沒有爆米花，怎麼看電影

我最享受的時光，
就是下班後和他一起捧著夜市爆米花窩在家裡追影集。

認識綺綺之前，我對西洋電影不感興趣，
因為我記不住外國人的長相，
常常一部片看到結束還弄不清楚男主角是誰。

認識他之後，他會拉我進電影院看他喜歡的電影，
久而久之也就習慣了。

追影集變成我們下班後的例行公事，
「The Walking Dead」是我們目前的最愛，
我沉迷到三番兩次扮成殭屍衝去咬他的脖子，
他總會冷冷地看著我說：
「他們應該滿缺臨演的，你就去吧！」

有天忽然想吃鹹爆米花配電影，但是當天沒有夜市，
綺綺一邊罵我大摳呆，一邊載我去便利商店買爆米花回家。

不知道是誰規定看電影就要搭配爆米花的，
我真想好好感激他～
我一定要去買個漂亮的大碗裝爆米花，
每次看電影就抱著它狂吃！

喜歡和他一起追影集、連續劇。

改不掉的習慣

一開始睡的是單人床，
儘管我們個頭都不嬌小，
但是擠著擠著也就習慣了。

後來改睡雙人床，
另一個位置好像多出來的一樣，
全用來堆放枕頭和棉被。

兩個人睡在雙人床上，
空間卻小的和擠在單人床上沒兩樣。

如果你的另一半很黏人，
那你一定對這種分配比例有很大的共鳴。

睡過去一點啦！
很擠耶！

總是喜歡黏在他身邊。

04

CHAPTER

今天你想吃什麼？

使命必達

兩個人一起生活，兩個人也都有工作時，
那一定會在下班前召開「晚餐要吃什麼」的小組會議。

某天我忽然想吃義大利麵，
綺綺就傳了各種口味的義大利麵讓我挑選，
當晚用料還十分澎湃。

某年秋天我想吃螃蟹，
他就帶著我到黃昏市場找螃蟹，
繞了兩三圈，找了好久都沒有找到，
他很失落的問我：「下次再吃好嗎？」
其實我沒有堅持一定要吃到，
當時他的表情實在是太愧疚了。

使命必達的綺綺有個最神奇的地方，
偶爾我會請他隨便買就好，但他總能買到我想吃的食物。

喜歡和你在下班前討論今日的晚餐。

最佳小幫手

下班回家如果看到他還在廚房裡忙，
我就會溜進去「幫忙」，
但是我的廚藝很嚇人……

有一次煮麵，水還沒滾我就準備要把麵丟下鍋，
綺綺看傻了眼，
（他應該以為我當初說不會做菜只是客氣話吧＝＝？）

自此之後，
我順理成章的成了二廚，
負責在一旁打蛋、裝水、遞碗盤、洗碗盤就好。

喜歡陪著他下廚作菜。

越簡單，越幸福

最幸福的事就是互道早安、晚安、一起吃早餐。

礙於我們工作時間不同，
假日要各自回家陪伴家人，
早餐時段很少有機會能窩在一起。

偶爾逮到機會，綺綺會塗上果醬烤好麵包，
為我倒杯溫開水，幫自己沖一杯咖啡，
兩個人在家邊看電視邊享用早餐。

偶爾也會一時興起到附近早餐店吃早午餐，
他點一份蛋餅配一杯咖啡，
我則是以蘿蔔糕搭配豆漿。

搭配早餐店裡的廣播和報紙，
週末假日因此能心情放鬆。

在沒有工作的假日，
一起到早餐店吃頓簡單的早餐。

我的廚神綺綺

第一次為我下廚，綺綺煎了兩塊香噴噴的牛排，
當晚還準備了紅酒喔！

他煎的牛排口感不輸西餐廳，
每次和他去餐廳用餐，
我都會偷偷跟他說：「我覺得你煎的比較好吃。」
他總會害羞又驕傲的回應：「當然囉！」
（你知道的～人一旦被誇讚之後，就會更賣力地做好一件事。）

綺綺除了擅長煎牛排，
蛋包飯和義大利麵也是他的拿手好菜。

有一次蛋包飯做太多了，
他靈機一動，把剩下的醬料收進冰箱，
隔天繼續用它做成焗烤飯。

我目瞪口呆的看著那盤焗烤飯，佩服得五體投地。

再有名的大廚，也比不上他親自為我下廚。

綺綺讓梨

吃火鍋的時候，我習慣把蛤蠣全撈給他；
吃炸雞的時候，他習慣把雞腿留給我。

兩個人合吃一份食物，吃到剩最後一口時，
他會看著還在咀嚼的我說：「我吃不下了，給你吃吧！」
（但也可能是真的吃不下了……）

當我們很在乎一個人，就會想把最好的、唯一的留給他，
看見對方開心，我們就會跟著開心。

總是把最好的留給我。

人形記事本

他知道我不喜歡在玉米濃湯裡加胡椒，
他記得我不喜歡喝鮮奶，
他知道我只要喝一口咖啡就會輾轉難眠，
醫生叮嚀我不能吃的食物，他總會記得比我清楚。

我知道他不喜歡肉桂的味道，
我知道他只喝黑咖啡，不加糖不加奶精。

兩個人在一起久了，自然而然會把彼此的習慣或喜好放在心上，
這是一種溫暖而美好的默契。

他總是貼心的記得我的飲食習慣。

共體時艱

某天下班前，我們又在討論晚餐要吃什麼，
從一開始的牛排、義大利麵、壽司，
說到便當、鹹酥雞和滷味，
摸了摸錢包以後，
最終還是決定在家吃泡麵。

泡麵裡加了顆蛋、一些青菜和肉片，
綺綺說這樣看起來比較不可憐。

真愛就是……能夠和他一起吃大餐，也能和他一起吃泡麵！

有這句話嗎？

是同甘共苦啦！

經濟拮据時，我們會一起吃泡麵。

剛認識沒多久的時候，
有一次相約來煮火鍋，
我們先到生鮮超市選購食材，
當下我沒想到要考慮他的喜好，
一直猛看自己喜歡的食材，
挑了一大堆好料放進購物籃。

單身的時候，
我們可以依照自己的喜好做選擇，
不過，一旦選擇了兩人生活，
就必須要把對方的喜好也考慮進去。

就拿飲食偏好這件小事來說，
有時順口問一下對方：
「你喜歡這個嗎？」
「你還想吃什麼？」
就能讓對方感覺自己被重視。

兩個人相處最重要的就是要為對方設想，
凡事以自己為主是很容易起爭執的。

05
CHAPTER

冷戰

戰 爭

回想起來，我們也有吵到要鬧分手的時候，
那應該就是所謂的磨合期吧？
幾度讓我氣到差點奪門而出。

有時會因為工作感到疲憊，一言不合就大吵大鬧，
有時想得到他的鼓勵，卻換來他一直說教，
有時對方認為很 OK 的事，在你看來就是很不 OK ！

感情再好的戀人一定都有爭執的時候，
也許是因為政治立場、信仰、生活習慣的不同，
家庭環境和從小到大的經歷造就了我們的個性，
就連世上最親密的家人都會產生爭執，
何況是成長背景和自己完全不同的另一半呢？

吵架時，最重要的就是吵完後要有個結果，
問題如果沒有解決，下次再遇到還是會引發戰爭。

另外也要切記，別把「我們分手吧！」當成吵架時的口頭禪，
只要不是真心想分手，就絕口不提分手～

背對背睡得很開　　　坐得很遠　　　不想冷戰卻又
　　　　　　　　　　　　　　　　　不願先低頭認錯。

吵架的時候，
兩個人之間的距離感覺變得好遠。

睡覺時背對著背，
騎車時刻意疏遠，
分開時等著看誰先低頭賠罪。

稱 職 的 聽 眾

某天，我看綺綺下班後一直悶悶不樂，
關心一下：「你怎麼啦？」
他說工作不太順利，接著開始對我訴苦。

聽著聽著，我的手機忽然傳來訊息，
看見朋友開玩笑，我對著手機噗哧笑出聲，
這個舉動讓他勃～然～大～怒～

他說：「如果你不想聽就不要問我。」
然後氣沖沖地拿了毛巾去洗澡，
我愣坐在原地直到他洗完澡，才換我默默的去洗，
當下我也覺得自己很白目，不應該在他訴苦時分心。

後來因為氣氛有點尷尬，我抱著繪圖板到另一間房裡畫圖，
就這樣趕稿趕到凌晨，累了就趴在桌上睡覺。

這段期間他有偷偷開房門看我一下，
但只是嘆了口氣就又回房間睡覺。
一直到隔天各自去上班，才透過通訊軟體和好，
這大概是交往以來我讓他最生氣的一次。

對方在分享心事的時候，
請記得放下手邊工作，專心聆聽並給予適度回應，
當一個好聽眾是非常重要的喔！

有時會不小心忽略對方的感受。

我 不 是 你 的 蛔 蟲

第一次一起出國，我們有兩個月的時間策劃，
規劃旅遊行程的同時，我正因為工作忙得焦頭爛額。

出國前的兩個禮拜，工作總算告一段落，
我開始問他旅行的確切日期，
因為在那之前我沒出過國，也沒時間弄清楚機票的相關事宜，
所以一直聽不懂他的意思。

後來他解釋得不耐煩，
略為不悅的問：「你到現在連機票都沒看嗎？我不想解釋了。」

當下我只想到自己因為工作忙得喘不過氣，
還要一邊規劃行程，根本沒時間查看機票，
而他竟然不能體諒我，顧不了了我們在外面用餐，
我委屈的紅著眼睛掉眼淚，對他說：「因為我很忙啊……」

綺綺被我突如其來的反應嚇了一大跳，連忙向我道歉，
我們彼此冷靜了一下，
他就說他脫口而出那句話之後，才想到我那陣子是真的很忙。

其實不單只是情侶家人或甚至朋友都一樣，
如果不能體諒彼此的難處是很容易起爭執的，
我們應該適時說出自己的難處讓對方理解，
畢竟對方不是我們肚子裡的蛔蟲啊～

有時會忘了體諒對方的難處。

我們都不是戀愛高手，EQ 也都不是很高，
不是所有問題都能夠順利解決。

但是我們都應該知道，
吵架時，
如果很幸運的有一方願意先低頭，
就不該再繼續堅持或擺架子，
應該適時軟化自己的態度，緩和氣氛，
這樣才能好好溝通，就事論事解決事情。

給我一個擁抱

儘管我們會吵架，會冷戰，也會看對方不順眼，
但是只要碰上困難或挫折，
仍然會是彼此最強而有力的避風港。

有一次，我在工作上受了點委屈，
下班回家就開始掉眼淚，
綺綺立刻放下手邊工作，
輕輕的給我一個擁抱，拍拍我的背。

他知道我遇到困難的當下不一定會想說話，
所以他不會勉強我，只是靜靜在一旁陪我。

有時候，一個簡單的擁抱就勝過千言萬語啊。

下班回家後...

豬仔怎麼了?
今天很累嗎?

拍
拍

06
CHAPTER

幸福小事

舊地重遊

每年的交往紀念日，我們都會回到最初相識的那間簡餐店用餐。
可以的話就坐相同的位置，點一樣的蜜糖吐司和飲料來吃，
除非……我們發現有搭配起來更便宜的套餐，
偶爾就是會被它們吸引啊！

不知道是不是因為換老闆的關係，
後來它的口感變得有點不一樣。

值得慶幸的是，
蜜糖吐司的味道變了，我們的感情卻依舊沒變。

喜歡和他一起舊地重遊。

騎機車也要繫安全帶

我還記得第一次坐他的機車，不太敢碰觸到他，
緊抓著坐墊後方的桿子，坐得離他遠遠的，
直到他主動把我的手拉過去擺在他的腰上，
我才敢不害臊的緊勒住他的腰。

交往到現在，當他拉起我的手去環抱他時，
我總會開玩笑地說：「你在繫安全帶啊！？」

有時會幫他量量腰圍：「你又變胖了！」
或是掐著他的肚子來操控方向。

騎慢一點！

右轉啦！

喜歡從機車後座抱他。

最愛寶島夜市

地瓜球、白糖粿、臭豆腐、拔絲地瓜、珍珠奶茶、杏仁茶＋油條……
貪吃的我們喜歡吃的食物可說是不勝枚舉。

每次外出大啖美食，我們都會點一份一起吃，
當我找到下一個目標，
貼心的綺綺會主動接過我吃一半的食物，放任我盡情獵食。

我常對綺綺說：「以後我們住的地方不能離夜市太遠。」
這是個多麼實際的願望啊～

生在台灣最幸福的事，莫過於夜市裡充滿令人垂涎的美食了！

喜歡和你一起逛夜市。

難忘的那一味

我們同居的第一個租屋處在學校附近，到處都有好吃的小吃店。

其中有間店的炒飯最對味，很有媽媽的味道，
下班後常常會順道買回去當晚餐。

另一間店不只有超好吃蛋包飯，
用小電鍋裝著的味噌湯更是讓人喝一次就無法忘懷，
雖然是供客人免費取用的湯品，
但是味道卻不輸其他店家販售的味噌湯。

好懷念喔～

我們已經搬離那邊一段時間了，
但這些店家仍舊保有我們的美好回憶，
期待未來的某天能繞回那裡，好好品嚐懷念的滋味。

喜歡一起到小吃店裡飽餐一頓。

跟你一起去旅行

臉書滑到旅遊文章時，
看到美麗的風景照、有趣的旅遊景點、道地的美食，
就會好想和他一起去看看。

交往後，我們規劃了幾次台灣旅遊，
足跡遍布北中南，當然還有最美麗的東部。

旅程中，無論是有趣的回憶、驚險的經歷，
對我們來說都十分珍貴。

這陣子想和他搭火車去旅行，在火車上吃鐵路便當，
欣賞沿途風景，靠著他的肩膀一路睡到目的地。

我們偶爾一起搭火車去旅行。

專屬導遊

我們的第二次旅行是去屏東海生館，
趕在那年最後一波寒流結束前，順便跑去四重溪泡溫泉。

我很喜歡海生館和遊樂園，
他也總是很樂意陪我去。
（儘管玩到遊樂設施的名字都快背起來了）

過去也曾來過幾次，有時是和家人，有時是和同事。

和綺綺一起來的感覺不太一樣，
我可以拉著他到處亂逛，佇足於我喜歡的景點前，
他總會耐心配合我的腳步。

→圖為他努力抓緊海豚游過的時機按快門，拍出讓我最滿意的一張相片。

他會陪我去我想去的地方。

即時顯影的幸福

交往後的第一個生日，可能是怕氣氛尷尬，
綺綺找來我的高中、大學好友一起為我慶生。

他遞給我一份包裝得漂漂亮亮的禮物，
那是一台白色的拍立得相機。

相機裡裝好了底片，他先請朋友幫他拍一張，
跟相機放在一起送給我。

裡頭沒有卡片，這很符合他的作風，他一向討厭寫卡片。

後來我們走到哪都會帶著這台相機，
拍下照片，用簽字筆寫上日期和地點，
為每一次的旅行和紀念日留下美好回憶。
（雖然他拍照的技術實在令人不敢恭維……）

喜歡在牆上掛滿我們的合照。

挖耳朵

每當我心情不好的時候，
綺綺會問我：「要不要幫你挖耳朵？」
他知道挖耳朵對我來說是一件很享受的事。

他會把枕頭墊在自己腿上，讓我側躺在上面，
偶爾我會舒服的在他腿上睡著，
他會輕輕把我放回我的位置。

交往久了，感情難免會漸漸趨於平淡，
但是只要你仔細觀察，
生活中還是有很多能為感情升溫的小事喔！

讓他幫我挖耳朵是一件很享受的事。

背後的擁抱

第一次把這張圖放到網路上，
隔天就有同事對我說，她老公都這樣抱著她睡，
所以她看著這張圖笑了好久。

我喜歡他從背後擁抱我，
這個動作給我滿滿的安全感，
吵架時，如果我轉身背對他，
只要他默默從背後抱住我，怒氣總會頓時全消～

這種「背後式擁抱」，無論用在哪一方身上，
應該都有相當程度的療癒效果吧？

喜歡他從背後的擁抱。

今天換我讓你靠

我們之間的關係，
我是屬於比較依賴的一方，
綺綺則是比較獨立的一方。

但是再獨立堅強的人，一定也有軟弱無助的時候吧？

我們偶爾會互換角色。

把全部都給你

想當初，綺綺看完我小時候的照片，
第一反應居然是說我臉上的肉到現在都還沒消！

我跟他分享照片，一邊藉此向他介紹我的家人，
讓他了解一下我的家庭背景和成長過程，
綺綺也趁著這個機會跟我聊些小時候的趣事。

看似簡單的聊天過程，
其實是把我們最真實的一面赤裸地、毫無保留的告訴對方。

經過那一夜的分享，
我們好像又更靠近彼此了一些。

喜歡和他分享小時候的相片。

交 換 情 報

了解他的成長背景後，當然要實際體驗一下他的成長環境囉！

綺綺騎著機車載我在他家附近繞來繞去，騎遍大街小巷，
告訴我這裡是他念過的國小、國中，接著又載我繞到他的高中母校。

帶我去看他的教室在哪，座位是哪個？
最喜歡哪個科目，哪位老師？
放學都走哪條路回家？
他以前在哪個補習班補習？
上課前會跑去吃哪間小吃店？

當你喜歡一個人，就會不能自已的想知道他所有的事，
同時也會想跟他分享自己所有的事。

喜歡到他的回憶裡逛逛。

老夫老妻

「以後我們家附近一定要有個公園才行。」
這是我們最常討論的事。

我們好喜歡看老夫老妻牽著手到公園散步的模樣，
在每個用完晚餐的夜晚。

兩個人的甜蜜約會不一定只能去餐廳或電影院，
偶爾可以一起去公園散個步，
不花半毛錢的約會也可以很有氣氛。

喜歡和他牽手散步。

興趣具有感染力

決定一起生活後，我把全部的盆栽一起搬了過去。
第一次看到這些綠色小植物，綺綺皺起了眉頭，
完全無法體會怎麼會有人對植栽如此著迷？

時日久了，只要我不在家或是工作忙碌，
他就會主動幫我澆水，
我在為盆栽換盆時，他也會陪我一起完成。

現在他甚至會特地帶我去逛花市，
問我哪個盆栽是不是該換盆了？
變得比我還要熱衷。

他不會刻意去干涉我的興趣，
反而會試著了解我為何如此著迷。

這點很重要，在彼此的喜好不會造成任何傷害或困擾的情況下，
若是無法要求自己愛上對方的喜好，至少也要懂得予以尊重。

喜歡參與對方的興趣。

對的時機，恰好的驚喜

交往的前一兩年，每逢節日，我們幾乎都會互送禮物。

收到禮物的心情當然是非常愉悅的，
不過相處久了真的會不知道該送什麼才好，
每次都要為此絞盡腦汁，漸漸失去慶祝節日的意義。

後來我們改變了一下相處模式，
「節日送禮」→「有需要的時候再送」
也因為這樣，我們會注意對方是否缺少什麼，需要什麼？

有一次我發現他很想要一顆藍牙喇叭，
觀望了半天終究還是沒買，
於是我就偷偷買來作為驚喜送給他。

當他發現我的皮夾已經用到脫線掉皮了，
他也會對我說：「你生日的時候我買一個新的給你。」

在對的時機送對的禮物，
比硬是想破頭送的禮物還要讓人驚喜啊！

偷替他買下他一直捨不得買的東西。

管不住啊，我的腸胃

我的腸胃不太好，
外出用餐然後急忙趕回家拉肚子是常有的事～
（他跟我吃一樣的東西竟然都好好的）

有時候來不及回家，
綺綺只好帶著我四處找廁所。

所以他在找餐廳的時候都會特別小心，
記住我吃哪些東西會導致腸胃不舒服，
哪間餐廳是我的身體能夠負荷的。

吃燒肉或火鍋時，他會特別注意肉有沒有全熟，
否則我的腸胃又得為此翻騰好一陣子。

我很感激他長期忍受我麻煩的腸胃，
隨身為我帶著胃藥，當然還有慌忙的陪我一起找廁所。

我總是有意無意的給他添麻煩。

可惜我不是超人

我是個比較壓抑的人，常常給自己很大的壓力，
遇到機會總是不想錯過，認為自己可以負荷而貿然接下工作，
逼近臨界點時，
只要抒發一下情緒，就又把自己推回原本的位置。

這樣勉強一段時間後，
身體終於不堪負荷提出抗議，
不僅時常感冒生病，身體也出現許多變化。

綺綺帶著我從診所看到大醫院，
因為檢驗項目很多，有時一個抽血檢查就得抽七管血。

發病的時候痛苦到想哭，
從頭頂到腳底，從體內到皮膚全都出了狀況。

在醫生的建議下，我離開工作崗位休養了一段時間，
現在身體好很多了。

那段難熬的時間，都是綺綺在身旁鼓勵我、陪伴我，
他的理解和體諒，對我來說比什麼都重要。

總是在對方需要的時候,在他身邊陪伴他。

透明的你和我

同居生活的這幾年，綺綺看過我各種邋遢的樣子，
像是剛睡醒浮腫的眼睛和臉，或是隨意用鯊魚夾盤起的一頭亂髮。

他也看過我最崩潰的樣子，
諸如瑟縮在牆邊大哭，
因為壓力太大做惡夢嚇醒而潰堤，
因為公事一直處理不好而瘋狂碎念和發飆。

他則是讓我看到工作不順遂而意志消沉的一面，
還有一些生病虛弱的時刻。

當你看盡對方所有的缺點和不堪，
仍然願意接納他、愛他，對他不離不棄，那就是真愛了。

看過彼此最醜的樣子

一起走過低落的日子

我們成了最了解彼此的人

一 路 走 來

繪製這本書的期間，
我跟綺綺說這讓我想起好多有趣的事。

這些小事都應該被記錄下來，
讓我們能偶爾回味美好的記憶。

每次他惹我生氣，我會試著回想他的好，
默默在心裡幫他將功抵過。

這本書就有這個功能！

如果哪天你們在一起久了，
對彼此感到稍稍厭煩，想把他（她）攆出家門，
不妨拿起這本書，翻一翻，想想共同經歷過的幸福小事，
回想他（她）的美好之處，
一定可以重拾彼此的甜蜜時光！

耳朵好癢。

我沒有在想你。

是喔。

所以

是誰在想你？

情侶間的無厘頭小事

北鼻!蝴蝶撞到我了!

對啊!
怎麼會有蝴蝶?

...

因為我是含香~~~

請妳下車.

你是蒙丹!!!

欸~

你在家裡
為什麼要
帶著腰包?

少煩我!!!!!

07
CHAPTER

有溫度的聖誕禮物

聖 誕 毛 小 孩

2013 年冬天，我們得知有流浪小貓需要認養的消息，
「歐練」就這樣順理成章的在聖誕節前夕成為家裡的一份子，
我們把牠看作老天賜予的聖誕禮物，決心好好愛護牠一輩子。

當時的歐練又瘦又小，非常怕生，
剛來的第一個禮拜，每天晚上都在喵喵叫，
防衛心很重，不讓我們靠近牠。

一直到了第三週，
歐練才卸下心防，願意一步一步接近我們。

兩年後的今天，
歐練的毛色變的更漂亮、更健康了，
牠很愛撒嬌，個性活潑又好動，
牠的成長讓我們感到很欣慰。

每到冬天，歐練就會主動跑來和我們窩在一起；
平日下班後，
我們必須坐定位、摸摸牠，接著才能去做別的事。

每年聖誕節總會想起這份「聖誕禮物」剛來的模樣，
讓我驚覺牠又多了一歲，又多陪伴了我們一年。

在歐練進入我們的生活以前，
我從未接觸過貓，對貓咪一直有種恐懼感。
從小家裡就養狗，所以我對狗有比較深的感情。

綺綺則是偏愛貓，是個十足的貓奴，
一天到晚轉貼貓咪影片給我看，希望有天我也能跟他一樣愛貓。

每次討論到要認養動物的話題，最後總會演變成鬥嘴，

「狗比較聽話。」

「貓比較會撒嬌。」

「我很怕貓的爪子。」

「貓不會亂抓人！」

後來他分析了一下居住環境、工作時間，
各種條件似乎都指向我們比較適合養貓，
他溫和地說：「等到以後空間大一點，時間多一點，再來養狗好嗎？」
經過幾次溝通，也看到他對貓咪的熱情，我終於讓步了。

歐練成為我們的家人以後，提高了我對貓咪的好感度，
現在甚至比比他還愛貓！

以不會造成傷害為前提，為對方做點小小的改變、一點點的讓步，
其實也不見得是壞事嘛！

要不是因為你...
老娘到現在愛的還是狗啊！

原來我有貓奴基因

被綺綺影響，我開始著接觸貓，後來也真的成了貓奴。

我變得會一廂情願的跟貓咪對話，
手機裡存滿貓咪的照片，
無論貓咪做什麼動作我都覺得好可愛～
（儘管牠什麼也沒做）

歐練~我可以在新書裡放你的相片嗎?

喵!

北鼻~歐練說可以!!!

牠根本就沒有說話!!!

哈囉，歐練

和綺綺一起為貓咪取名字也是一件讓人開心的事。

歐練剛來時候，
我們想了好多的名字，
像是毛毛、花花、喵喵或丹丹。

「幹嘛叫丹丹？」

「我喜歡吃丹丹漢堡。」

「……」

後來之所以會叫作歐練，是因為牠的花色和體型很像黑輪，
我們就以黑輪的台語發音為牠命名：歐練！
（有時叫牠「臭貓」牠也會回應，算是對名字看得很開。）

不然就叫歐練吧！

太隨便了吧!?

正在吃黑輪

註:「黑輪」台語音近「歐練」，
在台灣常見的小吃之一。

歐練你好棒

有些畫面我們會永遠記在心上。
牠吃下第一口我們為牠準備的食物,
第一次鑽進我們為牠準備的小窩,
第一次對自己的名字有反應,
第一次爬到我們的腿上撒嬌,
以及⋯⋯第一次使用貓砂盆!

歐練以前是流浪貓,所以牠沒有用過貓砂,
當我們看見牠自己找到貓砂盆並且爬進去大小便的瞬間,
情緒真的好激動!

我想,父母第一次看見自己的孩子學會上廁所大概就是這種心情吧!?

歐練找到貓砂盆了～～～

毛茸茸的生活重心

有一次歐練生病，上吐下瀉，
我和綺綺一下班就帶著牠直奔動物醫院。

那天等了好久才終於輪到歐練看診，
看完都已經九點多了。

餓到前胸貼後背的我們，
搶在便當店關門前，狼吞虎嚥地吃完一大盤飯菜。

真正養了寵物後才有這種體驗，
真的會不自覺地把牠擺在第一順位。

牠一旦生病，
我們一定跟著受罪。

「有什麼生物比貓奴更會自作多情呢？」
「沒有！」

戳

豬仔!!!
你剛偷踢
歐練吼~?

你根本就是
八點檔裡
的壞女人啊!!!

北鼻~牠故意弄我!
剛才害我
差點摔倒!

歐練~
我幫你裝水~

北鼻你看!
拉茶~

From Aida

我是個很容易緊張的人，緊張的程度還異於常人。

第一次出國也老大不小了，但還是緊張到胃痛 4 天；第一次出 Line 貼圖，緊張到半夜胸口悶痛，痛了一整晚，痛到綺綺隔天還請假帶我去醫院；第一次出書，我跟綺綺說，實體書上市的前一天……可能要帶我去住院了！（撞牆）

寫書的過程有點像在坐牢。

起初趕稿壓力大，一方面要維持粉絲團發文，一方面要接案維持收入，幾乎無法離開座位，或是停下工作做其他事，有時忙裡偷閒打開手機玩個兩場 Candy crush，都會讓我湧起一股罪惡感。碰上完全沒有靈感的時期，綺綺會帶我到圖書館或是安靜的咖啡廳趕稿，換個環境很有用，他給我靈感，帶我去玩、去吃美食，兩個人共同努力讓這本書得以成形。

為了讓支持我們的粉絲更貼近我們的生活，書裡破例寫下吵架的過程，這部分我們都很不願回想，平時臉書上的貼文也

鮮少提及，畢竟翻舊帳一向是感情中最忌諱的事。然而經營粉絲團的期間，時不時會有讀者敲碗說想看我們吵架，所以我只好應觀眾要求囉！（腦波很弱）

老實說這個部分寫起來有點不自在，遞給綺綺看時，他也是匆匆一瞥就說看完了。（不願意面對負面情景的一對情侶）

後記的部分，我擬了好幾個版本都被綺綺嫌太嚴肅，但這是我人生中的第一本書啊～叫我怎麼像在臉書發文那樣做自己嘛！偶爾讓讀者看看我不同的一面應該也不錯啊！（到底有幾面？）

最後，我要感謝我的讀者，這些年陪伴我們共同成長，你們的熱情互動讓我更有動力繼續畫下去，也因此才有今天這本書的誕生。

期許自己未來能畫出更多更好的作品，繼續分享給大家！
感謝～（鞠躬）

From 綺綺

大家好～我是綺綺（揮手）。

經過日以繼夜、不眠不休的數個月，豬仔耳朵挖了又挖（已替她掛號耳鼻喉科），幸好在我腰閃到之前，這本書就先截稿了！！！YA！！！不然依豬仔那種看自己不順眼、圖文一改再改的個性，世界末日之前大家都看不到這本書的！（誇張）

書中常常是用豬仔的角度來看我們相處的點滴，讓我從書裡知道一些之前沒注意過的事，說不定你也可以從中得到一些控制另一半的靈感。（不！！！）

很謝謝這幾年透過粉絲團參與我們生活點滴的粉絲們，也很開心因為大家的喜愛讓豬仔有機會出實體書。

希望豬仔的畫能夠帶著大家回顧戀愛過程中那些微不足道的片段，回憶相處的美好，大家要珍惜身邊的人唷！

雖然豬仔想逼我在後記裡向大家許諾，「我會帶她去吃大餐跟很多薯條」，但我打算買一台體脂計給她，並且幫她報名減肥魔鬼訓練營～（奸笑）

作者—— Aida ／責任編輯——莊玉琳／封面－內頁設計——任紀宗／

行銷企劃——辛政遠、王韻雅／總編輯——姚蜀芸／

副社長——黃錫鉉／總經理——吳濱伶／執行長——何飛鵬

出版　城邦文化事業股份有限公司　Published by Cite Publishing Limited

發行　英屬蓋曼群島商家庭傳媒股份有限公司城邦分公司　Distributed by Home Media Group Limited Cite Branch

地址　104 臺北市民生東路二段 141 號 7 樓　7F No. 141 Sec. 2 Minsheng E. Rd. Taipei 104 Taiwan

電話 +886（02）2518-1133／傳真 +886（02）2500-1902

讀者服務傳真　（02）2517-0999・（02）2517-9666

城邦書店　104 臺北市民生東路二段 141 號 1 樓

電話：(02) 2500-1919

營業時間：週一至週五 09：00-20：30

EAN 471-770-090-512-5（平裝）

定價　新台幣 300 元 港幣 100 元

版次　2019 年 1 月＿初版二刷

著作權所有・翻印必究 Printed in Taiwan

製版／印刷 凱林彩印股份有限公司

國家圖書館出版品預行編目 (CIP) 資料

今天你有想我嗎／ Aida －著 —— 初版 —— 臺北市
城邦文化出版：家庭傳媒城邦分公司發行
2015.12 面：公分
EAN 471-770-090-512-5（平裝）

855　　　　　　　　　104021843